हिन्द पॉकेट बुक्स

हमारे राष्ट्रकवि मैथिलीशरण गुप्त

राष्ट्रकवि मैथिलीशरण गुप्त ने न केवल हिन्दी-साहित्य को देशभक्तिपूर्ण रचनाएँ दी, वरन् उन्होंने स्वतंत्रता के आंदोलन में भी महत्वपूर्ण भूमिका निभाई और देश के नवनिर्माण में अपना अमूल्य योगदान दिया। यह पुस्तक उन्हीं राष्ट्रकवि के जीवन पर आधारित है। इसे छोटों और किशोरों के लिए सजाया-सँवारा गया है, ताकि इसे पढ़कर उनमें राष्ट्रकवि जैसा बनने, ऊँचा उठने और दुनिया में बड़ा नाम कमाने की प्रेरणा पैदा हो। यह जीवनी बहुत ही आसान भाषा में है और इसे रोचक ढंग से लिखा गया है, जिससे इसे याद रखने में भी आसानी होगी। इसके साथ ही इसमें आकर्षक चित्र भी दिए गए हैं और साथ ही है आपकी परीक्षा के लिए एक प्रश्नोत्तरी, इसे हल कीजिए और अपने ज्ञान की परीक्षा आप स्वयं कीजिए।

सुरुचिपूर्ण एवं प्रेरणादायक सचित्र जीवनी

हमारे राष्ट्रकवि

मैथिलीशरण गुप्त

विराग गुप्ता

एम.ए. (इतिहास), एल.एल.बी.

हिन्द पॉकेट बुक्स

पेंगुइन रैंडम हाउस इम्प्रिंट

हिन्द पॉकेट बुक्स

यूएसए | कनाडा | यूके | आयरलैंड | ऑस्ट्रेलिया | सिंगापुर
न्यू ज़ीलैंड | भारत | दक्षिण अफ्रीका | चीन

हिन्द पॉकेट बुक्स, पेंगुइन रैंडम हाउस ग्रुप ऑफ़ कम्पनीज़ का हिस्सा है,
जिसका पता global.penguinrandomhouse.com पर मिलेगा

पेंगुइन रैंडम हाउस इंडिया प्रा. लि.,
चौथी मंजिल, कैपिटल टावर -1, एम जी रोड,
गुड़गांव 122 002, हरियाणा, भारत

पेंगुइन
रैंडम हाउस
इंडिया

प्रथम हिन्दी संस्करण हिन्द पॉकेट बुक्स द्वारा 2014 में प्रकाशित
यह हिन्दी संस्करण हिन्द पॉकेट बुक्स में पेंगुइन रैंडम हाउस द्वारा 2022 में प्रकाशित

10 9 8 7 6 5 4 3 2

ISBN 9789353492137

मुद्रकः रेप्रो इंडिया लिमिटेड

www.penguin.co.in

FSC www.fsc.org MIX Paper from responsible sources FSC® C047271

This is a legitimate digitally printed version of the book and therefore might not
have certain extra finishing on the cover.

क्रम

माँ कह एक कहानी

माँ कह एक कहानी।
बेटा समझ लिया क्या तूने मुझको अपनी नानी?
कहती है मुझसे यह चेटी, तू मेरी नानी की बेटी
कह माँ कह लेटी ही लेटी, राजा था या रानी?
माँ कह एक कहानी।

तू है हठी, मानधन मेरे, सुन उपवन में बड़े सवेरे,
तात भ्रमण करते थे तेरे, जहाँ सुरभि मनमानी।
जहाँ सुरभि मनमानी! हाँ माँ यही कहानी।

वर्ण वर्ण के फूल खिले थे, झलमल कर हिमबिंदु झिले थे,
हलके झोंके हिले मिले थे, लहराता था पानी।
लहराता था पानी, हाँ हाँ यही कहानी।

गाते थे खग कल कल स्वर से, सहसा एक हँस ऊपर से,
गिरा बिद्ध होकर खर शर से, हुई पक्षी की हानी।
हुई पक्षी की हानी? करुणा भरी कहानी!

चौंक उन्होंने उसे उठाया, नया जन्म सा उसने पाया,
इतने में आखेटक आया, लक्ष सिद्धि का मानी।
लक्ष सिद्धि का मानी! कोमल कठिन कहानी।

माँगा उसने आहत पक्षी, तेरे तात किन्तु थे रक्षी,
तब उसने जो था खगभक्षी, हठ करने की ठानी।
हठ करने की ठानी! अब बढ़ चली कहानी।

हुआ विवाद सदय निर्दय में, उभय आग्रही थे स्वविषय में,
गयी बात तब न्यायालय में, सुनी सब ने जानी।
सुनी सब ने जानी! व्यापक हुई कहानी।

राहुल तू निर्णय कर इसका, न्याय पक्ष लेता है किसका?
कह दो निर्भय जय हो जिसका, सुन लूँ तेरी बानी
माँ मेरी क्या बानी? मैं सुन रहा कहानी।

कोई निरपराध को मारे तो क्यों न अन्य उसे उबारे?
रक्षक पर भक्षक को वारे, न्याय दया का दानी।
न्याय दया का दानी! तूने गुणी कहानी।

हमने बचपन में उपर्युक्त कविता खूब पढ़ी है, शायद आपने भी पढ़ी होगी। इसके रचनाकार हैं हमारे राष्ट्रकवि मैथिलीशरण गुप्त जी। राष्ट्रकवि मैथिलीशरण गुप्त हिन्दी के महत्त्वपूर्ण कवि हैं, जिनकी कविताएँ बड़ी मधुर हैं। हिन्दी-साहित्य के प्रखर नक्षत्र, माँ भारती के वरद पुत्र गहोई गौरव श्री मैथिलीशरण गुप्त का जन्म 3 अगस्त सन्

1886 ई. में पिता सेठ रामचरण कनकने और माता कौशिल्या बाई की तीसरी संतान के रूप में चिरगांव, झाँसी में हुआ। वे बुंदेलखंड के गहोई वैश्य परिवार में जन्मे थे और उनके माता और पिता दोनों ही परम वैष्णव थे। वे कनकलता नाम से कविता करते थे। विद्यालय में खेलकूद में अधिक ध्यान देने के कारण पढ़ाई अधूरी ही रह गई। घर में ही हिन्दी, बंगला, संस्कृत साहित्य का अध्ययन किया। मुंशी अजमेरी जी ने उनका शैक्षणिक और साहित्यिक मार्गदर्शन किया। उनमें दार्शनिकता के भाव मुंशी जी ने ही भरे और प्रकृति से प्रेम करना भी अजमेरी जी ने ही सिखाया। बचपन में गुप्त जी प्रकृति की गोद में बैठकर योगियों की तरह चिंतन किया करते थे और तभी तो उन्होंने पंचवटी-प्रसंग में अपने अनुभव को यूं लिखा है –

चारु चंद्र की चंचल किरणें
खेल रही हैं जल-थल में,
स्वच्छ चाँदनी बिछी हुई है,
अवनि और अंबर-तल में।
पुलक प्रकट करती है धरती,
हरित तृणों की नोकों से,
मानो झूम रहे हैं तरु भी
मंद पवन के झोकों से ॥1॥

पंचवटी की छाया में है
सुन्दर पर्ण-कुटीर बना,
उसके सम्मुख स्वच्छ शिला पर,
धीर, वीर, निर्भीक बना,
जाग रहा यह कौन धनुर्धर,
जब कि भुवन-भर सोता है?
भोगी कुसुमायुध योगी-सा
बना दृष्टिगत होता है ॥2॥

किस व्रत में है व्रती वीर यह
निद्रा का यों त्याग किए?
राज-भोग के योग्य विपिन में
बैठा आज विराग लिए?
बना हुआ है प्रहरी जिसका
उस कुटीर में क्या धन है,
जिसकी रक्षा में रत इसका
तन है, मन है, जीवन है ॥3॥

मर्त्यलोक-मालिन्य मेटने
स्वामि-संग जो आई है,
तीन लोक की लक्ष्मी ने यह
कुटी आज अपनाई है,
वीर-वंश की लाज यही है,
फिर क्यों वीर न हो प्रहरी?
विजन देश है, निशा शेष है
निशाचरी माया ठहरी ॥4॥

कोई पास न रहने पर भी
जन-मन मौन नहीं रहता,
आप आपकी सुनता है वह,
आप आपसे है कहता।
बीच-बीच में इधर-उधर निज
दृष्टि डालकर मोदमयी,
मन-ही-मन बातें करता है
वीर धनुर्धर नई-नई ॥5॥

क्या ही स्वच्छ चाँदनी है यह,
है क्या ही निस्तब्ध निशा,
है स्वच्छंद सुमंद गंधवह
निरानंद है कौन दिशा?
बंद नहीं, अब भी चलते हैं,
नियति-नटी के कार्यकलाप,
पर कितने एकांत-भाव से,
कितने शांत और चुपचाप ॥6॥

है बिखेर देती वसुन्धरा
मोती, सबके सोने पर
रवि बटोर लेता है उनको
सदा सवेरा होने पर।
और विरामदायिनी अपनी
संध्या को दे जाता है,
शून्य श्याम तनु जिससे उसका,
नया रूप झलकाता है ॥7॥

सरल तरल जिन तुहिन कणों से
हँसती हर्षित होती है,
अति आत्मीया प्रकृति हमारे
साथ उन्हीं से रोती है!
अनजानी भूलों पर भी वह
अदय दंड तो देती है,
पर बूढ़ों को भी बच्चों-सा
सदय भाव से सेती है ॥8॥

तेरह वर्ष व्यतीत हो चुके
पर है मानो कल की बात!
वन को आते देख हमें जब
आर्त अचेत हुए थे तात।
अब वह समय निकट ही है
जब अवधि पूर्ण होगी वन की,
किन्तु प्राप्ति होगी इन जन को
इससे बढ़कर किस धन की ॥9॥

और आर्य को? राज्यभार तो
वे प्रजार्थ ही धारेंगे
व्यस्त रहेंगे, हम सबको भी
मानो विवश बिसारेंगे!
कर विचार लोकोपकार का
हमें न इससे होगा शोक,
पर अपना हित आप नहीं क्या
कर सकता है यह नरलोक ॥10॥

होता यदि राजत्व मात्र ही
लक्ष्य हमारे जीवन का,
तो क्यों अपने पूर्वज उसको
छोड़ मार्ग लेते वन का?
परिवर्तन ही यदि उन्नति है
तो हम बढ़ते जाते हैं,
किन्तु मुझे तो सीधे-सच्चे
पूर्व-भाव ही भाते हैं ॥11॥

नए युग की आवश्यकताओं के आधार पर ही गुप्त जी ने अपने काव्य के चरित्रों का सृजन किया। युगीन चिन्तन की नई लहर से वे भली-भांति परिचित थे। गुप्त जी का युग नवजागरण का युग था और देश के सामाजिक जीवन में तेजी से परिवर्तन की बात चल रही थी। उनके काव्य-सृजन के सयम अनेक समाज सुधारकों के प्रयासों से सामाजिक परिवर्तन की बात चल रही थी और सामाजिक परिवर्तन लक्षित होने लगे थे। राजाराम मोहन राय द्वारा प्रवर्तित ब्रह्मसमाज के विचारों से समाज, वर्ग और वार्णिक भेदभाव की जंजीरें टूटने लगी थी। छूआछूत, बहुविवाह, सामाजिक

विषमता और परंपरागत रूढियां शिथिल हो रही थी। आर्य समाज की स्थापना कर स्वामी दयानंद सरस्वती भी इन रूढियों पर कुठाराघात कर रहे थे। अस्पृश्यता, पर्दा प्रथा, बाल हत्या, नारियों की अशिक्षा आदि का तीव्र विरोध होने लगा था। थियोसोफिकल सोसाइटी, राधास्वामी मत, प्रार्थना सभा आदि संस्थाएं इस दिशा में सतत प्रयास कर रही थीं। नव जागरण के इन नव विचारों का पर्याप्त प्रभाव गुप्त जी के काव्य पर पड़ा और तदनुसार ही इनके संपूर्ण कार्य में युगीन चेतना का पूर्ण प्रस्फुटन हुआ और वो राष्ट्रकवि कहलाए।

होनहार सपूत

सभी लोग मैथिलीशरण गुप्त जी को प्यार से दद्दा कहते थे। पं. गुणसागर 'सत्यार्थी' के परिवार से दद्दा के संबंध कई पीढ़ियों के हैं, बल्कि यूँ कहें कि गुप्तजी और उनके परिवार को दो इकाइयों में देखना अनुचित है। सर्वप्रथम 'सत्यार्थी' के प्रपितामह स्व. भीखाजी जो डिंगल साहित्य और संगीत के पुरोधा थे, पूज्य दाऊजू (दद्दा के पिता सेठ रामचरन गुप्त कनकने) के आत्मीयजन थे। 'सत्यार्थी' के पितामह पू. अजमेरी जी का वास्तविक नाम श्री प्रेमनिहारी था, वे पू. नन्ना (दद्दा के अग्रज श्री रामकिशोर गुप्त जी) के सहपाठी थे। उनकी हस्तलिपि बहुत सुन्दर थी मानो मुद्रित अक्षर हों। पूज्य दाऊजू सखी सम्प्रदाय के प्रभाव में 'कनकलता' उपनाम से भक्ति भाव के पद लिखा करते थे। उन पदों को सुलेख में पाण्डुलिपि तैयार करने के लिए उन्होंने 'सत्यार्थी' के पितामह (छात्र अजमेरी जी) को मुंशी नियुक्त कर लिया था। एक बार दाऊजी ने अपने नन्हें मुंशी से कहा, "मुंशीजी, मैं चाहता हूँ कि मेरे बाद भी कविता हमारे परिवार में होती रहे। क्या इन लड़कों में किसी को कविता से चाव है?"

सुनकर अजमेरी जी ने उत्तर दिया, "बड़े भैया (श्री महाराम दास जी)

तो भक्ति-भावना से ओत-प्रोत हैं, मेरे सखा रामकिशोर संगीत में रुचि रखते हैं, प्रिय श्री सियारामशरण और चारुशीलाशरण अभी छोटे ही हैं। हाँ, मैथिलीशरण का रुझान कविता की तरफ अवश्य है, वे कवि बन सकते हैं। उन्होंने आपके बनाए कुछ पद कंठस्थ कर लिए हैं और खूब सुनाते हैं।"

दाऊजू ने आश्चर्य से कहा, "ऐसा है? क्या तुम मुझे सुनवा सकते हो?" तब मुंशी जी ने कहा, वे शर्मीले स्वभाव के हैं, कदाचित आपके सामने शरमा न जाएँ? आप छिपकर सुन लीजिए।"

दाऊजू ने बालक मैथिलीशरण से ज़ब छिपकर अपनी पद-रचनाओं को सुना तो उनकी आँखों से आँसू छलक पड़े। मुंशी जी की पीठ थपथपाते हुए कहा, "तुमने सही कहा था, मैथिलीशरण कवि बनेंगे और नाम करेंगे।"

यह सच है कि कवि को बनाया नहीं जाता, प्रारब्ध से प्रतिभा अन्तर्निहित होती है और उचित वातावरण पाकर वह प्रकट हो जाती है। मुंशी अजमेरी जी ने दद्दा के जीवन में उनके बाल्यकाल से ही ऐसा अनुकूल वातावरण सृजित किया कि उनके अन्दर छिपा हुआ कवि-स्वरूप प्रकट होने लगा। कानपुर से प्रकाशित पत्र 'प्रताप' में मुंशी अजमेरी जी का एक लेख छपा था, 'मेरा और गुप्त जी का सम्बन्ध', जिसमें अजमेरी जी ने लिखा –

"मैं पहले दाऊजू की कविता लिखा करता था, अब मैथिलीशरण की भी लिखने लगा हूँ। वे अपनी कविता लिखते और मुझे सुनाते, मैं सुनकर उस पर अपनी राय देता और कुछ संशोधन भी उपस्थित करता। इस प्रकार परस्पर विनिमय और वाद-विवाद के बाद एकमत हो जाते और फिर वह रचना प्रकाशनार्थ भेज दी जाती। प्रत्येक कविता के लिए यही नियम था। आपकी ओर से पत्र भी मैं ही लिखता था, आप कभी हस्ताक्षर कर दिया कर देते थे, वरना आपके हस्ताक्षर भी मैं ही करता था। ...अब मुझसे इतना परिश्रम नहीं होता, मैं इसलिए उतना काम नहीं करता पर

बन्दे मातरम
बन्दे मातरम
बन्दे मातरम
बन्दे मातरम
बन्दे मातरम

कविता विषयक परामर्श अब भी देता हूँ। यह संशोधन का काम मैं शुरू से करता आया हूँ।"

किशोर अवस्था में एक ओर जहाँ मैथिलीशरण गुप्त आजादी के आंदोलनों में कूद पड़े थे, वहीं दूसरी ओर वंदेमातरम् गीत से प्रभावित होकर उन्होंने 12 वर्ष की अवस्था में ब्रजभाषा में कविता रचना आरम्भ किया। आचार्य महावीर प्रसाद द्विवेदी के सम्पर्क में भी आए। उनकी कविताएँ खड़ी बोली में मासिक 'सरस्वती' में प्रकाशित होना प्रारम्भ हो गईं। प्रथम काव्य-संग्रह 'रंग में भंग' तथा बाद में 'जयद्रथ वध' प्रकाशित हुई। उन्होंने बंगाली के काव्य-ग्रन्थ 'मेघनाथ वध', 'ब्रजांगना' का अनुवाद भी किया। सन् 1914 ई. में राष्ट्रीय भावनाओं से ओत-प्रोत 'भारत भारती' का प्रकाशन किया जिससे उनकी लोकप्रियता सर्वत्र फैल गई। संस्कृत में लिखित 'स्वप्नवासवदत्त' का अनुवाद प्रकाशित कराया। सन् 1916-17 ई. में महाकाव्य 'साकेत' का लेखन प्रारम्भ किया। उर्मिला के प्रति उपेक्षा-भाव इस ग्रन्थ में दूर किए। उन्होंने स्वतः प्रेस की स्थापना कर अपनी पुस्तकें छापना शुरू किया। साकेत 'पंचवटी' तथा अन्य ग्रन्थ सन् 1931 के आसपास पूर्ण किए।

राष्ट्र-सेवा

आजादी से पहले की बात है। उन दिनों आजादी का आंदोलन जोरों पर चल रहा था, तो ऐसे में मैथिलीशरण गुप्त भला कहाँ चैन से बैठने वाले थे। वे किशोर अवस्था में ही आजादी की जंग में कूद पड़े थे। महात्मा गांधी के हरेक आंदोलन उनके लिए गीता और वेदों के पावन मंत्र जैसे थे और वे बापूजी के भक्त बन गए थे। 1931 में वे राष्ट्रपिता गांधी जी के निकट सम्पर्क में आए। यशोधरा सन् 1932 ई. में लिखी। गांधी जी ने उन्हें 'राष्ट्रकवि' की संज्ञा प्रदान की। सन् 1941 ई. में सविनय अवग्या आंदोलन सत्याग्रह में वे जेल गए। आगरा विश्वविद्यालय से उन्हें डी.

लिट. से सम्मानित किया गया। उन्हीं से प्रभावित होकर अपनी साहित्य-साधना के बल पर अल्पवय में यशकाय होने वाले मैथिलीशरण गुप्त से एक नेताजी मिले और हरिजनोद्धार-कार्यक्रमों में हिस्सा लेने व सहयोग देने के लिए प्रेरित करने लगे। वे वंदेमातरम् के नारे लगाकर युवाओं को देश के लिए मर-मिटने हेतु तैयार करते थे। उनका उत्साह देखकर गुप्तजी उनके साथ काम करने के लिए तैयार हो गए।

एक रविवार को चाय पर दोनों बैठे, तो मैथिलीशरण गुप्त जी ने उन नेताजी से कहा, "महोदय, आज तो रविवार है। हम आज के दिन फल-फूल के अतिरिक्त कुछ खाते नहीं। दो गन्ने मंगाते हैं, एक आप चूसेंगे, एक हम।"

नेताजी सकपकाए और बोले, "गुप्त जी! थोड़ी परेशानी की बात है।"

"क्या मतलब?" मैथिलीशरण जी ने पूछा।

नेताजी ने कहा, "बात यह है कि दाँत जरा नकली हैं, इन दाँतों से गन्ना चूसते बनता नहीं।"

गुप्त जी तुरन्त बोल उठे, "अच्छा तो आपके दाँत चूसने-खाने के लिए नहीं हैं, केवल दिखाने के लिए हैं। कहीं आपके हरिजनोद्धार-कार्यक्रम में भी तो यही बात लागू नहीं होती?"

इस टिप्पणी से वह नेताजी इतने झेंपे कि उन्होंने शर्म से अपना कार्यक्रम ही स्थगित कर दिया।

एक बार की बात है। राजर्षि पुरुषोत्तमदास टण्डन मैथिलीशरण ग

मैथिलीशरण जी स्वतंत्रता-संग्राम सेनानी थे। उनके हृदय में देश के प्रति असीम अनुराग था। अन्य स्वतंत्रता-सेनानियों के साथ जेल में अथवा बाहर रहकर भी उनसे हिलमिल कर रहना, सुख-दुःख में साथ देना उनके स्वभाव में था। कवि हृदय अथवा संगीत-प्रेमियों के साथ उनकी खूब पटती

थी। स्व. भवानी प्रसाद मिश्र, नरेन्द्र शर्मा, सेठ गोविन्द दास सभी उनके अतरंग साथी थे। सेठ गोविन्द दास जी जबलपुर के निवासी थे। उनका परिवार वहाँ के राजसी-वैभव से सम्पन्न था। वह अपने पैतृक आवास सेठ गोकुलदास महल, जबलपुर में ही रहते थे।

सत्याग्रह आंदोलन में सेठ गोविन्द दास की भी भूमिका रहती थी। सत्याग्रह आंदोलन में भाग लेने के कारण ब्रिटिश सरकार ने उनके निवास-स्थान सेठ गोकुलदास महल में उन्हें नजरबंद कर दिया था। कालान्तर में सेठ गोविन्द दास को रिहा कर दिया गया। मैथिलीशरण जी ने प्रस्ताव रखा कि इस रिहाई को 'मुक्ति-पर्व' के रूप में मनाया जाए। संगीत की स्वरलहरी और गाजे-बाजे के साथ जुलूस निकाला जाए। इस अवसर पर प्रसंगाकूल कविता लिखने का दायित्व भवानी प्रसाद मिश्र ने लिया। ढोलक, हारमोनियम, झींका, मजीरा मँगाए गए। सेठ जी को उनके महल से उतारकर मित्रों ने कंधों पर बैठाया तथा जुलूस निकाला गया। दद्दा भी साथ में चल रहे थे। भवानी प्रसाद मिश्र ने ढोलक गले में डाली तथा नरेन्द्र शर्मा ने हारमोनियम। भवानी प्रसाद मिश्र ने ऊँचे स्वर में अपनी स्वरचित कविता गाई –

'सेठानी कँय सेठ, बजन दे हरमुनियाँ।
हार गई सरकार, जीत गई जरमनियाँ।।
हमें काऊ से का लैनें, हम हैं बनियाँ।
बजन दे हरमुनियाँ।

यही कविता गाते-गाते कुछ दिन आनन्द-उत्सव मनाया गया।

एक महत्त्वपूर्ण घटना 15 अगस्त 1947 की है। 15 अगस्त को भारत को आजादी देने की घोषणा के उपलक्ष्य में पूरे देश में 14-15 अगस्त की मध्य रात्रि में स्वाधीनता-पर्व स्थान-स्थान पर मनाया गया, सभी नगर-कस्बों में यह जश्न मना। रोशनी और सभाएँ हुईं। दिल्ली को भी दुल्हन की तरह

सजाया गया, वहाँ राजधानी स्तर का आजादी का जश्न मनाने के लिए अनेक बड़े-बड़े नेता दिल्ली पहुँच गए थे लेकिन दद्दा चिरगाँव में अपने घर पर ही सादगी के साथ यह पर्व मना रहे थे।

हिन्दी के वरिष्ठ साहित्यकार, क्रान्तिकारी विचारों के कवि अज्ञेय जी मैथिलीशरण गुप्त के अनन्य प्रशंसक थे। वह उन्हें गुरु-तुल्य मानते थे। 15 अगस्त 1947 को अज्ञेय जी अचानक चिरगाँव पहुँच गए। उन्हें दिल्ली से पता चल गया था कि दद्दा चिरगाँव में हैं। उन्हें सामने देखकर दद्दा ने अज्ञेय जी से पूछा, 'दिल्ली में स्वाधीनता का उत्सव मनाया जा रहा है और आप यहाँ?' अज्ञेय जी ने कहा, 'जिस भारत-भारती' की कविताओं ने देश में जन-जागरण किया, उसी से स्वतंत्रता मिली। मैं इस विजय पर्व पर भारत-भारती के गायक का वन्दन करने और उसके रचयिता के साथ स्वाधीनता का आनन्द लेने आया हूँ।' मैथिलीशरण गुप्त ने अज्ञेय जी को अंक में भर लिया। पारंपरिक स्वागत-सत्कार के साथ वे वहाँ कुछ दिन रहे।

प्रतिवर्ष गणतंत्र दिवस के अवसर पर लालकिले पर आयोजित होने वाले कवि-सम्मेलन का भी भव्य इतिहास रहा है। सन् 1963 की बात है। नेहरु जी को कवि-सम्मेलन की अध्यक्षता करनी थी। जब वे मंच पर चढ़ रहे थे, तो उनके एक ओर मैथिलीशरण गुप्त थे, दूसरी ओर राष्ट्रकवि दिनकर।

मंच की सीढ़ियाँ चढ़ते हुए अचानक पैर फिसला और वे संतुलन खोने लगे। तभी दिनकर जी ने हाथ बढ़ाकर उन्हें थाम लिया और मैथिलीशरण गुप्त जी के मुख से अनायास ही निकला, "राजनीति के पाँव जब-जब फिसले हैं, तब-तब उसे साहित्य ने ही सहारा दिया है।"

तत्पश्चात् नेहरु जी ने कहा, "और आज फिर राजनेता को साहित्यकार ने सहारा देकर अपने धर्म का पालन किया है।"

मैथिलीशरण गुप्त जी बचपन से ही समाज-सेवी प्रवृत्ति के थे। वह भूखों को तो अन्नदान करते ही थे, साथ ही साथ समर्थ लोगों को भी भोजन कराने में रुचि रखते थे। वह चिरगाँव से आटा, देसी घी व मेवा से बने लड्डू प्रायः लाते थे। दिल्ली हो या काशी, अपने प्रियजनों को वह लड्डू बड़े प्रेमभाव से खिलाते थे। दिल्ली में डॉ. नगेन्द्र नित्य आने वालों में थे तथा वह मोदक-प्रेमी भी थे।

मैथिलीशरण गुप्त का व्यक्तित्व प्रभावकारी था। बाबू राजेन्द्र प्रसाद तथा अन्य अनेक स्वतंत्रता-सेनानी तथा वरिष्ठ राजनीतिज्ञों-साहित्यकारों पर दद्दा का इतना प्रभाव था कि वे दद्दा की बात को आदेश की तरह लेते थे।

नगेन्द्र जी ने भी मैथिलीशरण गुप्त के जीवन-काल में उन पर पी-एच. डी. उपाधि हेतु शोध-कार्य करा दिया। जबकि उन दिनों जीवित व्यक्तियों पर शोध-कार्य नहीं होता था। यह कार्य एक गोयल जी नाम के सज्जन ने किया। पहले मैथिलीशरण गुप्त उन पर बड़े खुश हुए, किन्तु बाद में उस शोध-प्रबंध में 'तन्तु-वाय' शब्द के प्रयोग से वह नाराज हो गए थे। 'तन्तु-वाय' तन्तु से बुनने वाले के लिए प्रयुक्त होता है।

शोध-छात्र ने उस शब्द को जुलाहे के अर्थ में व्यवस्थापित किया, जबकि मैथिलीशरण गुप्त 'मकड़ी' के रूप में प्रयुक्त करने के पक्षधर थे। पर मैथिलीशरण गुप्त जी, जिन्हें प्यार से दद्दा भी कहा जाता है, की डांट शोध-छात्र के साथ-साथ नगेन्द्र जी को भी सुननी पड़ी थी। अपनी प्रशंसा पर खुश होना तथा अप्रिय को सहन न करना दद्दा के स्वभाव में था।

निर्भीक पत्रकार और राष्ट्रभक्त कवि का मिलन

राष्ट्रकवि मैथिलीशरण गुप्त और कानपुर से प्रताप नामक समाचार-पत्र निकालने वाले निर्भीक पत्रकार गणेशशंकर विद्यार्थी के मिलने का

केंद्र बिंदु प्रताप प्रेस ही रहा करता था। 1915 में मुंबई से लौटते हुए गणेश जी पहले-पहल चिरगाँव में गुप्त जी के घर पहुँचे। भोजन में उन्होंने दाल-रोटी खाने की इच्छा प्रकट की, जबकि गुप्त जी साग-पूड़ी खिलाने जा रहे थे। यहीं से दोनों की मित्रता प्रगाढ़ हुई और फिर गुप्त जी सदैव विद्यार्थी जी की पसंद का ध्यान रखने लगे। कलम के वार से दोनों साहित्यकार देश को आजादी दिलाने के प्रयास में लगे थे। दोनों महापुरुष विशाल हृदय की संवेदना वाले थे। उनके हृदय उदार थे। गुप्त जी ने काव्य के क्षेत्र में अपनी लेखनी से संपूर्ण देश में राष्ट्रभक्ति की भावना भर दी थी। राष्ट्रप्रेम की इस अजस्र धारा का प्रवाह बुंदेलखंड क्षेत्र के चिरगाँव से कविता के माध्यम से हो रहा था। बाद में राष्ट्रप्रेम की इस धारा को देशभर में प्रवाहित किया था राष्ट्रकवि मैथिलीशरण गुप्त ने।

कविता करना तो उन्हें अपने पिता से विरासत में मिली थी। पिताजी के आशीर्वाद से वह राष्ट्रकवि के सोपान तक पदासीन हुए। महात्मा गांधी ने उन्हें राष्ट्रकवि कहे जाने का गौरव प्रदान किया। भारत सरकार ने उनकी सेवाओं को देखते हुए उन्हें दो बार राज्यसभा की सदस्यता प्रदान की। हिंदी में मैथिलीशरण गुप्त की काव्य-साधना सदैव स्मरणीय रहेगी। सैकड़ों शोधार्थियों ने उनकी काव्यगत विशेषताओं पर शोध-प्रबंध लिखे हैं। भारत-भारती, साकेत, यशोधरा, द्वापर, कुणाल, मेघनाथ-वध आदि ग्रंथों की आपने रचना की है। बुंदेलखंड में जन्म लेने के कारण गुप्त जी बोलचाल में बुंदेलखंडी भाषा का ही प्रयोग करते थे। धोती और बंडी पहनकर माथे पर तिलक लगाकर संत के रूप में अपनी हवेली में बैठे रहा करते थे।

उन्होंने अपनी साहित्यिक साधना से हिंदी को समृद्ध किया। मैथिलीशरण गुप्त के जीवन में राष्ट्रीयता के भाव कूट-कूटकर भर गए थे। इसी कारण उनकी सभी रचनाएँ राष्ट्रीय विचारधारा से ओत-प्रोत हैं। वे भारतीय

संस्कृति एवं इतिहास के परम भक्त थे। परन्तु अंधविश्वासों और थोथे आदर्शों में उनका विश्वास नहीं था। वे भारतीय संस्कृति के नवीनतम रूप की कामना करते थे।

काव्य-क्षेत्र के शिरोमणि

मैथिलीशरण गुप्त जी के काव्य में मानव-जीवन की प्रायः सभी अवस्थाओं एवं परिस्थितियों का वर्णन हुआ है। अतः इनकी रचनाओं में सभी रसों के उदाहरण मिलते हैं। प्रबन्ध काव्य लिखने में गुप्त जी को सर्वाधिक सफलता प्राप्त हुई है। गुप्त जी की प्रसिद्ध काव्य-रचनाएँ साकेत, यशोधरा, द्वापर, सिद्धराज, पंचवटी, जयद्रथ-वध, भारत-भारती आदि हैं। भारत के राष्ट्रीय उत्थान में भारत-भारती का योगदान अमिट है। गुप्त जी ने अपनी रचनाओं के केन्द्र में संयुक्त परिवार को श्रेष्ठ माना। 'साकेत' में दशरथ का परिवार इसका श्रेष्ठ उदाहरण है। इसके साथ उन्होंने उपेक्षित एवं शोषित नारी के प्रति अपनी अगाध संवेदना व्यक्त की है।

गुप्त जी शोषण-मुक्त समाज के पक्षधर हैं। उन्हें वही रामराज्य पसंद है, जहाँ एक राजा अपनी प्रजा के कल्याण के लिए समस्त सुखों का त्याग आसानी से कर देता है। उन्होंने खड़ी बोली को इतना सरल बना दिया कि इसमें बृजभाषा जैसी मधुरता है। गुप्त जी का सिद्धराज उनकी अन्य रचनाओं की अपेक्षा अधिक प्रौढ़ है। इसके संवादों में जो नाटकीयता है, वह अन्यत्र दुर्लभ है। गुप्त जी ने अपने युग की प्रचलित सभी शैलियों में काव्य-रचना की है।

मैथिलीशरण गुप्त को काव्य-क्षेत्र का शिरोमणि कहा जाता है। मैथिलीशरण जी की लोकप्रियता का मूलाधार भारत-भारती है। भारत-भारती अंग्रेज़ी राज के विरुद्ध राष्ट्रीय स्वतंत्रता-संग्राम का घोषणापत्र बन गई थी। साकेत और जयभारत, दोनों महाकाव्य हैं। साकेत रामकथा पर आधारित है, किन्तु इसके केन्द्र में लक्ष्मण की पत्नी उर्मिला है। साकेत में कवि ने

उर्मिला और लक्ष्मण के दाम्पत्य-जीवन के हृदयस्पर्शी प्रसंग तथा उर्मिला की विरह-दशा का अत्यन्त मार्मिक चित्रण किया है, साथ ही कैकेयी के पश्चात्ताप को दर्शाकर उसके चरित्र का मनोवैज्ञानिक एवं उज्ज्वल पक्ष प्रस्तुत किया है। 'यशोधरा' में गौतम बुद्ध की मानिनी पत्नी यशोधरा केन्द्र में है। यशोधरा की मनःस्थितियों का मार्मिक अंकन इस काव्य में हुआ है। 'विष्णुप्रिया' में चैतन्य महाप्रभु की पत्नी केन्द्र में है। वस्तुतः गुप्त जी ने रवीन्द्रनाथ ठाकुर द्वारा बांग्ला भाषा में रचित 'काव्येर उपेक्षित नार्या' शीर्षक लेख से प्रेरणा प्राप्त कर अपने प्रबन्ध काव्यों में उपेक्षित, किन्तु महिमामयी नारियों की व्यथा-कथा को चित्रित किया और साथ ही उसमें आधुनिक चेतना के आयाम भी जोड़े।

विविध धर्मों, सम्प्रदायों, मत-मतांतरों और विभिन्न संस्कृतियों के प्रति सहिष्णुता व समन्वय की भावना गुप्त जी के काव्य का वैशिष्ट्य है। 'पंचवटी' काव्य में सहज वन्य जीवन के प्रति गहरा अनुराग और प्रकृति के मनोहारी चित्र हैं, तो 'नहुष' पौराणिक कथा के आधार के माध्यम से कर्म और आशा का संदेश है। 'झंकार' वैष्णव भावना से ओतप्रोत गीतिकाव्य है, तो 'गुरुकुल' और 'काबा-कर्बला' में कवि के उदार धर्म-दर्शन का प्रमाण मिलता है। खड़ी बोली के स्वरूप-निर्धारण और विकास में गुप्त जी का अन्यतम योगदान रहा।

भारत-भारती और स्वदेश-प्रेम

'भारत-भारती' मैथिलीशरण गुप्तजी द्वारा स्वदेश-प्रेम को दर्शाते हुए वर्तमान और भावी दुर्दशा से उबरने के लिए समाधान खोजने का एक सफल प्रयोग है। भारतवर्ष के संक्षिप्त दर्शन की काव्यात्मक प्रस्तुति 'भारत-भारती' निश्चित रूप से किसी शोध-कार्य से कम नहीं है। गुप्त जी की सृजनता की दक्षता का परिचय देने वाली यह पुस्तक कई सामाजिक आयामों पर विचार करने को विवश करती है। यह सामग्री तीन भागों में बाँटी गई है।

भारत-भारती, अतीत खंड भाग भारतवर्ष के इतिहास पर गर्व करने को पूर्णतः विवश करता है। उस समय के दर्शन, धर्म-काल, प्राकृतिक संपदा, कला-कौशल, ज्ञान-विज्ञान, सामाजिक-व्यवस्था जैसे तत्त्वों को संक्षिप्त रूप से स्मरण करवाया गया है। अतिशयोक्ति से दूर इसकी सामग्री संलग्न की गई टीका-टिप्पणियों के प्रमाण के कारण सरलता से ग्राह्य हो जाती है। मेगस्थनीज से लेकर आर. सी. दत्त तक के कथनों को प्रासंगिक ढंग से पाठकों के समक्ष रखना एक कुशल नियोजन का सूचक है। निरपेक्षता का ध्यान रखते हुए निन्दा और प्रशंसा के प्रदर्शन हुए हैं, जैसे मुगल काल के कुछ क्रूर शासकों की निंदा हुई है तो अकबर जैसे मुगल शासक का बखान भी हुआ है। अंग्रेजों की उनके आविष्कार और आधुनिकीकरण के प्रचार के कारण प्रशंसा भी हुई है।

भारतवर्ष के दर्शन पर वे कहते हैं –

पाए प्रथम जिनसे जगत ने दार्शनिक संवाद हैं
गौतम, कपिल, जैमिनी, पतंजली, व्यास और कणाद हैं।

नीति पर उनके द्विपद ऐसे हैं –

सामान्य नीति समेत ऐसे राजनीतिक ग्रन्थ हैं
संसार के हित जो प्रथम पुण्याचरण के पंथ हैं।

सूत्रग्रंथ के सन्दर्भ में ऋषियों की विद्वत्ता पर वे लिखते हैं –

उन ऋषि-गणों ने सूक्ष्मता से काम कितना है लिया,
आश्चर्य है, घट में उन्होंने सिन्धु को है भर दिया।

वर्तमान खंड में दारिद्रय, नैतिक पतन, अव्यवस्था और आपसी भेदभाव से जूझते उस समय के देश की दुर्दशा को दर्शाते हुए सामाजिक नूतनता की माँग रखी गई है।

देशवासियों की आत्म-विस्मृति पर वे कहते हैं –

हम आज क्या से क्या हुए, भूले हुए हैं हम इसे,
है ध्यान अपने मान का, हममें बताओ अब किसे!
पूर्वज हमारे कौन थे, हमको नहीं यह ज्ञान भी,
है भार उनके नाम पर दो अंजली जल-दान भी।

नैतिक और धार्मिक पतन के लिए गुप्तजी ने उपदेशकों, संत-महंतों और ब्राह्मणों की निष्क्रियता और मिथ्या-व्यवहार को दोषी मान शब्द-बाण चलाए हैं। इस तरह कविवर की लेखनी सामाजिक दुर्दशा के मुख्य कारणों को खोज कर उनके सुधार की माँग करती है। हमारे सामाजिक उत्तरदायित्व की निष्क्रियता को उजागर करते हुए भी वर्तमान खंड आशा की गाँठ को बाँधे रखता है।

भविष्य खंड में अपने ज्ञान, विवेक और विचारों की सीमा को छूते हुए राष्ट्रकवि ने समस्या समाधान के हल खोजने और लोगों का उसके लिए आह्वान करने का भरसक प्रयास किया है।

आर्य वंशज हिन्दुओं को देश पुनःस्थापना के लिए प्रेरित करते हुए वे कहते हैं –

हम हिन्दुओं के सामने आदर्श जैसे प्राप्त हैं,
संसार में किस जाति को, किस ठौर वैसे प्राप्त हैं,
भव-सिन्धु में निज पूर्वजों की रीति से ही हम तरें,
यदि हो सकें वैसे न हम तो अनुकरण तो भी करें।

डॉ. रवि शर्मा 'मधुप' ने लिखा है कि सन् 1912 में रचित 'भारत-भारती' शीर्षक पुस्तक गुप्त जी की ख्याति चिरस्थायी करने के लिए पर्याप्त है। उनसे लगभग पचास वर्ष पूर्व भारतेंदु हरिश्चन्द्र जिस भारत-दुर्दशा का चित्रण इन शब्दों में करते हैं –

रोवहु सब मिलिकै आवहु भारत भाई।
हा हा! भारत दुर्दशा न देखी जाई।।

उसी भारत-दुर्दशा को गुप्त जी वैभवशाली, गौरवपूर्ण, स्वर्णिम अतीत से जोड़कर देखते-दिखाते हैं तथा घोर निराशा के बीच भी अपना कवि-कर्म सार्थक बनाते हुए भारतवासियों को झकझोरते हैं, झिंझोड़ते हैं, लताड़ते हैं और उन्हें कुछ कर गुजरने के लिए प्रेरित करते हैं। नैराश्यांधकार के घटाटोप में गुप्त जी की 'भारत-भारती' सूर्य की एक किरण बनकर आई।

कविता का चरम लक्ष्य होता है – बाह्य जगत का अंतः जगत से संबंध स्थापित करना; इस दृष्टि से 'भारत-भारती' एक सफल रचना है, क्योंकि इसने भारतवासियों को भीतर तक आंदोलित किया। आशा से स्पंदित तथा क्रान्ति के तेज से चमत्कृत 'भारत-भारती' ने तत्कालीन जनमानस को इतना प्रभावित किया कि लोग प्रभात-फेरियों में इसके पद गाया करते थे। भूत, वर्तमान और भविष्यत तीन खंडों में विभाजित इस काव्य-रचना में कवि ने अतीत की स्वर्णिम बुनियाद पर वर्तमान की लौह श्रृंखलाओं के सहारे भविष्य का भव्य भवन बनाने का स्तुत्य प्रयास किया है।

'भारत-भारती' के प्रभाव का उल्लेख करते हुए श्री शांतिप्रिय द्विवेदी ने कहा था कि एक प्रभावशाली नेता अपने व्यक्तित्व द्वारा हिंदी और जनता का जितना उत्थान कर सकता है, वही काम अकेले 'भारत-भारती' ने किया।

गुप्त जी ने 84 पृष्ठों में अतीत का गौरव-गान करने के पश्चात् 68 पृष्ठों में वर्तमान पतन एवं दुर्दशा का मर्मस्पर्शी चित्रण किया और फिर 31 पृष्ठों में एक आशावादी दृष्टि के साथ भारतीयों को सुखद-सुनहरे भविष्य का प्रेरक स्वप्न भी दिखाया। 'भारत-भारती' के भविष्यत खंड के संदर्भ में आज के भारत पर दृष्टिपात करना सचमुच रोमांचक अनुभव है। किसी कृति की रचना के सौ वर्ष पश्चात उसमें वर्णित भविष्य को

वर्तमान में देखना जहाँ उस कवि की दूरदृष्टि का परिचायक हो सकता है, वहीं साहित्य की महत्ता का जयघोष भी।

अब भी समय है जागने का देख आँखें खोल के,
सब जग जगाता है तुझे, जगकर स्वयं जय बोल के।

कवि भारतवासियों को चेतावनी दे रहे हैं, यदि वे अभी भी नहीं जागे तो बहुत देर हो जाएगी तथा उनके हाथ कुछ नहीं आएगा।

जातीय जीवन-दीप अब भी स्नेह पावेगा नहीं,
तो फिर अँधेरे में हमें कुछ हाथ आवेगा नहीं।
हे भाइयो! सोये बहुत, अब तो उठो, जागो अहो!
देखो जरा अपनी दशा, आलस्य को त्यागो अहो!

भारत के अधः पतन के लिए उत्तरदायी तत्त्वों की ओर संकेत करते हुए गुप्त जी कहते हैं कि सबसे पहले ईर्ष्या-द्वेष, आपसी फूट, मद-मोह, कुरीति का कुसंग, अविचार आदि को त्याग देना चाहिए। प्रत्येक भारतवासी स्वयं उत्साहित हो, आशावादी हो, सकारात्मक सोच से संपन्न हो तथा अन्य लोगों को भी ऐसा ही करे, तभी देश का हित संभव है!

सबसे प्रथम कर्तव्य है शिक्षा बढ़ाना देश में,
शिक्षा बिना ही पड़ रहे हैं आज हम सब क्लेश में।
विद्या हमारी भी न तब तक काम में कुछ आएगी।
अर्धांगियों को भी सु-शिक्षा दी न जब तक जाएगी।

किसी भी राष्ट्र की पहचान उसकी राष्ट्रभाषा से होती है। तत्कालीन भारत में कोई राष्ट्रभाषा न होने की पीड़ा कवि के शब्दों में फूट पड़ी –

है राष्ट्रभाषा भी अभी तक देश में कोई नहीं,
हम निज विचार जना सकें जिसमें परस्पर सब कहीं।

इस योग्य हिंदी है तदपि अब तक न निज पद पा सकी,
भाषा बिना भावैकता अब तक न हममें आ सकी?

भारत को स्वतंत्र हुए छह दशक बीत चुके हैं। हमने अनेक समस्याओं पर काबू पाया, आजादी के बाद जो कल-कारखाने खुले थे, वे चीनी माल के आकर्षण के कारण बंद हाने के कगार पर हैं। भारतीय बाज़ारों में चीनी माल भरा पड़ा है। अभी भी कवि का वह स्वप्न साकार नहीं हुआ–

हो 'मेडइन' के बाद बस अब 'इंडिया' ही सब कहीं।

आज का भारत संक्रमण-काल का भारत है। हम न भारतीय रह पाए हैं, न विदेशी ही बन पाए हैं। न हमें हिंदी आती है, न अंग्रेज़ी। भारत भारतीयता को त्यागकर पश्चिम का अंधानुकरण करने में लगा है। बाजारीकरण, भूमंडलीकरण ने हमारी भाषा, संस्कृति, साहित्य सब-कुछ छीन लिया। बहुराष्ट्रीय कंपनियाँ मोटी तनख्वाहें देकर हमारे कुछ युवाओं को अपने जाल में फँसा रही हैं और उनके जीवन से सुख-शांति छीन रही हैं।

संयुक्त परिवार प्रणाली टूट चुकी है। आत्मकेंद्रित समाज, व्यक्तिवादी दृष्टिकोण, एकांगी, संकुचित-संकीर्ण सोच आज के आधुनिक शिक्षित भारतीय की पहचान बन चुकी है। 'भारत-भारती' का संदेश उस पहचान से हटकर गौरवपूर्ण पहचान बनाने का है। 'भारत-भारती' को पुनः पढ़ने, उसका घर-घर में पाठ करने की आज महती आवश्यकता है। आज यह प्रश्न हमें अपने आपसे पुनः पूछना चाहिए –

हम कौन थे, क्या हो गए हैं और क्या होंगे अभी।
आओ, विचारें आज मिलकर ये समस्याएँ सभी।

नारी-सम्मान का पुरोधा

आचार्य हजारी प्रसाद द्विवेदी की प्रेरणा से ब्रजभाषा के बजाय खड़ी बोली को काव्यभाषा का स्थान दिलाने वाले राष्ट्रकवि मैथिलीशरण गुप्त ने उस काल में ही स्त्री-विमर्श को महत्वपूर्ण स्थान दिया और मानवीय मूल्यों को जीवन में उतारने पर बल दिया था। वर्तमान-काल में मैथिलीशरण गुप्त की यह पंक्तियाँ उल्लेखनीय है –

अबला जीवन हाय तेरी यही कहानी।
आँचल में है दूध आँखों में पानी।।

साहित्यकार प्रेम जनमेजय कहते हैं कि आज के इस स्त्री विमर्श के युग से बहुत पहले ही मैथिलीशरण गुप्त ने इस पर चर्चा शुरू की थी और अपनी रचना साकेत के माध्यम से लक्ष्मण की पत्नी उर्मिला की पीड़ा को उजागर किया था।

उन्होंने कहा कि गुप्त की रचना में उर्मिला सामंती परिवेश में अपनी शिकायत रखती है और स्वाभिमान का परिचय देती है। जबकि वाल्मिकी और तुलसीदास उर्मिला के दर्द को नहीं देख पाए।

जनमेजय कहते हैं कि साहित्य-रचना में आज के व्यावसायिक दृष्टिकोण के विपरीत उनका लेखन-कर्म जीवन-मूल्य के प्रति समर्पित रहा और वह राष्ट्रप्रेम के झंडाबरदार रहे।

हिन्दी साहित्य में द्विवेदी युग के अग्रणी कवि हैं मैथिलीशरण गुप्त, जिनके समय में नारी के शालीन एवं आदर्श रूप को प्रतिष्ठित किया गया। गुप्त जी के नारी-प्रधान काव्यों में साकेत, यशोधरा, विष्णुप्रिया आदि का उल्लेख किया जा सकता है। अपने प्रबन्ध काव्य 'भारत-भरती' में उन्होंने भारतीय आर्य स्त्रियों के समाज में गौरवपूर्ण स्थान का चित्रण किया है –

केवल पुरुष ही थे न वे जिनका जगत को गर्व था,
गृहदेवियाँ भी थीं हमारी देवियाँ ही सर्वथा हैं प्रीति
और पवित्रता की मूर्ति सी वे नारियाँ
गेह में वे शक्तिरूपा देह में सुकुमारियाँ।

गुप्त जी की नारियाँ अपने पति की सहधर्मिणी और सहकर्मिणी भी थीं। माता विदुला ने सिन्धुराज से पराजित अपने पुत्र को नीतियुक्त वचनों से प्रोत्साहित कर उसे पुनः युद्ध के लिए प्रेरित किया था। मैथिलीशरण गुप्त के प्रबन्ध-काव्य जयद्रथवध की उत्तरा अपने क्षत्राणी धर्म को जानती है। अपने पति के प्रति वह पूर्ण समर्पित है –

क्षत्राणियों के अर्थ है सबसे बड़ा गौरव यही
सज्जित करे पति-पुत्र को रण के लिए जो आप ही।
वीर पति के कीर्ति पथ पर विघ्न-बाधा डालती
होकर सती भी वह कहाँ कर्तव्य अपना पालती।

विष्णुप्रिया में गुप्त जी ने नारी की पीड़ा को चित्रित करते हुए धैर्य को उसके लिए आवश्यक माना है। विष्णुप्रिया एक सामान्य गृहणी है। चैतन्य महाप्रभु जब धर्म-प्रचार हेतु गृह-त्याग के लिए विष्णुप्रिया से आज्ञा माँगते हैं तो विष्णुप्रिया अपने को कितना विवश पाती है – "तो क्या करूँ, कर ही क्या सकती हूँ और रोकर मरना ही नारी लिखा लाई है।"

एक ओर गुप्त जी ने नारी में शक्ति, पवित्रता और सात्विकता को प्रतिष्ठित किया है तो दूसरी ओर उसे प्रेरणामयी सहयोगिनी रूप में भी दिखाने का सार्थक प्रयास किया है। साकेत में उर्मिला की प्रेम-भावना एवं यशोधरा में राहुल-जननी की वेदना को स्वर देकर उन्होंने नारी के अस्तित्वबोध को उजागर किया है। उन्होंने इन काव्यों में नारी की स्वतंत्र सत्ता एवं महत्ता दिखलाई है। सहनशीलता है उसमें गरिमा है, तेज है,

आदर्श है, धैर्य है और सहनशीलता है। उसमें करुणा है, किन्तु स्वाभिमान भी है। उर्मिला ने अपने जीवन के अनमोल चौदह वर्ष पति के विरह में बिताने का निर्णय कर अभूतपूर्व त्याग का परिचय दिया है, किन्तु उसमें स्वाभिमान कूट-कूट कर भरा है। इसलिए जब लक्ष्मण कहते हैं कि मैं भी तुम्हारा दास हूँ, तो उर्मिला उत्तर देती है – "दास बनने का बहाना किसलिए? क्या मुझे दासी कहाने इसलिए?" साकेत की उर्मिला ने यह सिद्ध कर दिया कि नारी भोग्या नहीं, अपितु पति के प्रत्येक कर्म में उसकी सहभागिनी है। वियोग की दशा में जब उसे लक्ष्मण अपने सामने खड़े दिखाई देते हैं, तो उसे पति के कर्त्तव्यच्युत होने की आशंका होती है और वह व्याकुल होकर कहती है –

प्रभु नहीं फिरे, क्या तुम्हीं फिरे?
हम गिरे तो अहो, तो गिरे गिरे।

गुप्त जी की कैकेयी अपने आँसुओं से धुलकर परिमार्जित हो गई है। भरत जैसे पुत्र ने उसकी अपकीर्ति को मिटा दिया। यह बात कवि की इन पंक्तियों से सिद्ध होती है –

सौ बार धन्य वह एक लाल की माई,
जिस जननी ने जना है भरत जैसा भाई।

गुप्त जी की यशोधरा का चरित्र उर्मिला से सर्वथा भिन्न दिखाई पड़ता है। अपने चिन्तन, त्याग और आदर्श से वह पारिवारिक मर्यादा के भीतर अधिक संतुलित दिखाई पड़ती है। उसे सिद्ध मार्ग की बाधा मान गौतम जब उसे सोती छोड़ गए, तो यशोधरा का कोमल हृदय आहत हो उठता है – "सिद्धि हेतु स्वामी गए, यह गौरव की बात; पर चोरी चोरी गए, यही बड़ा व्याघात। सखि वह मुझसे कहकर जाते, कह तो क्या, वे मुझको पथबाधा ही पाते?"

इस काव्य में कवि ने गौतम से अधिक महत्त्व यशोधरा को दिया है। उन्होंने नारी को सदा नर से ऊँचे स्थान पर पाया है – "एक नहीं दो-दो मात्राएँ, नर से भारी नारी – ये दो मात्राएँ प्रेम और करुणा की हैं। वे कहते हैं, नारी लेने नहीं, लोक में देने ही आती है, अश्रु शेष रखकर वह उनसे प्रभुपद हो जाती है।"

यशोधरा शुद्धोदन से कहती है कि तपस्वी गौतम की खोज न की जाए, क्योंकि वह पति के सिद्धिमार्ग में भावनात्मक प्रेम दिखाकर उन्हें रोकना नहीं चाहती, बल्कि पति के मार्ग को स्वीकारना अपना धर्म समझती है। उसे दुःख है कि गौतम ने अपने महान उद्देश्य की पूर्ति के समय अपनी सहचरी को भुला दिया, किन्तु बेटा जब माँ से पिता के गृहत्याग का कारण पूछता है, तो जो यशोधरा संतुलित स्वर में उत्तर देती है –

बेटा, घर छोड़ वे गये हैं अन्य दृष्टि से,
जोड़ लिया नाता है उन्होंने सब सृष्टि से।
हदय विशाल और उनका उदार है,
विश्व को बनाना चाहता जो परिवार है।

यशोधरा में एक साथ प्रेम, धर्म, अनुराग, साधना, गर्व का द्वन्द्व है, वह किसी अन्य नारी में नहीं दिखता। वे विरहविदग्धा पत्नी हैं, जो आदर्श माँ भी हैं। स्वयं गौतम उनकी महानता को स्वीकार करते हैं। शुद्धोधन भी उनके त्याग को गौतम की तपस्या से ऊपर मानते हैं। तभी तो वे कहते हैं –

तेरे अर्थ ही तो मुझे उसकी अपेक्षा है
गोपा बिन गौतम भी ग्राह्य नहीं मुझको।

यशोधरा ने गौतम की अनुपस्थिति में भी अपने धर्म का पूर्ण निर्वाह किया है और राहुल को पिता की तरह ही संस्कारित किया है। एक

स्वाभिमानिनी नारी की तरह वह गौतम के लौटने पर भी उनके पास नहीं जाती, बल्कि गौतम को स्वयं उसके पास आना पड़ता है।

सब अपना सौभाग्य मनावें,
दरस परस निःश्रेयस पावें
उद्धारक चाहें तो आवें, यहीं रहे चेरी,
रे मन आज परीक्षा तेरी।

और गौतम स्वयं उसके द्वार पर आकर कहते हैं –

मानिनि, मान तजो, लो रही तुम्हारी बान
दानिनि, आया स्वयं द्वार पर यह तव तत्रभवान।

एक आदर्श भारतीय नारी की तरह यशोधरा राहुल को बुद्ध के चरणों में अर्पित करते हुई कहती है –

तुम भिक्षुक बनकर आये हो, गोपा क्या देती स्वामी?
था अनुरूप एक राहुल ही, रहे सदा यह अनुगामी।

यशोधरा का असाधारण व्यक्तित्व गौतम नहीं देख पाए, फिर भी वह बिना किसी उपालम्भ के पति की अपूर्णता को पूर्णता प्रदान करती है। वस्तुतः स्त्री से ही संस्कृति और संस्कारों का संरक्षण है। स्वयं गौतम मातृजाति एवं यशोधरा की महत्ता का उद्घघोष करते हुए कहते हैं –

दीन न हो गोपे, सुनो, हीन नहीं नारी कभी भूत दयामूर्ति
वह मन से शरीर से क्षीण हुआ वन में सुधा से मैं
विशेष जग मुझको बचाया मातृजाति ने ही खीर से।

इस तरह गुप्त जी ने एक ओर नारी के प्रेम और करुणा को चित्रित किया है तो दूसरी और उसके मातृत्व के वैभव, विश्व की आदिशक्ति के रूप में चित्रित किया है। उनकी नारी में मानवीय गुणों का समुच्चय

है। उनके चरित्र में सत्यं शिवं और सुन्दरम् की पवित्र त्रिवेणी है। भारत भारती में गुप्त जी ने कहा है –

"अनुकूल आद्याशक्ति की सुखदायनी जो स्फूर्ति है, सद्धर्म की जो मूर्ति और पवित्रता की पूर्ति है।"

आधुनिक काल के राम-काव्यों में साकेत का एक उच्च तथा प्रतिष्ठित स्थान है। वाल्मीकि ऋषि का आदि काव्य रामायण प्राचीन काल से भारतीय साहित्य का आधार-स्तम्भ रहा है, परन्तु राम-कथा की अनुभूति प्रत्येक युग और समाज में बदलती चली आई है। इसी अनुभूति के अनुरूप जहाँ वाल्मीकि में इतिहासकार की प्रधानता है और वे राम को पुरुष-श्रेष्ठ के रूप में प्रस्तुत करते हैं, वहीं तुलसीदास में पुराणकार की प्रधानता है और वे राम को देवता बनाकर लोगों के सम्मुख लाते हैं। परन्तु आधुनिक युग में पश्चिमी सभ्यता एवं संस्कृति के प्रभाव के कारण हमारे देश के विचारों पर विज्ञान, बुद्धिवाद और प्रजातांत्रिक भावनाओं का प्रभाव पड़ा है।

गुप्त जी के इस महाकाव्य पर भी आधुनिक युग का यह प्रभाव दृष्टिगत होता है। इसी के फलस्वरूप हम राम की परम्परागत कथा को 'साकेत' में आदि से अंत तक एक नवीन रूप में ही पाते हैं। यद्यपि गुप्त जी के हृदय में राम के प्रति भक्ति-भाव है, परन्तु फिर भी वे राम को मानव रूप में ही मानते हैं और 'साकेत' की सारी घटनाओं को तर्क की कसौटी पर कसते हैं। विशेषतया उपेक्षित नारी-पात्रों का तो उन्होंने काया-कल्प ही कर दिया है।

नारी-पात्रों में कैकेयी राम-काव्यों का सबसे अधिक विवादास्पद चरित्र रही है। वैसे तो साकेत के अधिकांश पात्र गुप्त जी को परम्परा से ही प्राप्त होते रहे हैं और अपने गुण-अवगुणों के लिए चिरकाल से प्रसिद्ध इन परम्परागत पात्रों में गुप्त जी ने अपने उद्देश्यानुसार मौलिक परिवर्तन कर दिया है, पर कैकेयी के चरित्र-चित्रण के लिए मैथिलीशरण गुप्त के

समक्ष बड़ी जटिल समस्या थी। समाज में वह पुत्र के मोहान्ध में पगी पतिघातिनी, कुमाता तथा अन्य लांछनों से कलंकित नारी थी। इसका कारण यह था कि उसने अपने पुत्र के लिए राज्य चाहा और राम को वनवास दिलवाया। पर बौद्धिक युग के कवि के सामने प्रश्न यह था कि क्या उसका उपर्युक्त कार्य केवल स्वार्थवश था या उसके अन्तस में कोई कारण निहित था। एक तत्त्व से ही संतुष्ट होने वाला युग अब नहीं रहा और न ही यह युग संयोगवश अथवा दैविक रूप से घटित घटनाओं पर विश्वास करता है। बौद्धिकता की कसौटी पर कसने पर कैकेयी का चरित्र स्वाभाविकता प्राप्त कर लेता है और मनोवैज्ञानिक आधार लेकर उसका विकास स्वाभाविक अकृत्रिम रूप से होता चला जाता है। इसके लिए गुप्त जी रामायण की घटनाओं का आधार लेते हैं।

कैकेय-नरेश की पुत्री कैकेयी को राम-राज्याभिषेक की घटना के पहले देखें तो वह राज-परम्पराओं में पली, सुसंस्कृत विदुषी नारी है। उसके इन्ही गुणों से प्रभावित होकर सन्तानविहीन प्रौढ़ राजा दशरथ सन्तानोत्पत्ति की कामना से तरूणी कैकेयी से विवाह करते हैं।

कैकेयी वीर क्षत्राणी है। वह अपने पति के साथ युद्धों में सम्मिलित होती है। जब देवासुर-संग्राम में इन्द्र के सहायक-रूप में राजा दशरथ ने युद्ध किया तो वह साथ गई थी और राक्षस शंबरासुर के द्वारा घायल राजा दशरथ की प्राण-रक्षा उसी ने की थी। इसके बदले में राजा दशरथ ने उसे दो वरदान माँगने को कहा। परन्तु वह कोई भी वरदान उनसे नहीं माँगती। अपने पति के प्राणों से बड़ा कोई दूसरा वरदान उस पतिपरायणा, प्रेममयी नारी को लगता ही नहीं और वह इन दो वरदानों की बात भूल भी जाती है।

'रामायण' तथा रामचरित्रमानस में मंथरा एवं साकेत में स्वयं राजा दशरथ उसे इन वरदानों की याद दिलाते हैं। साकेतकार ने यह परिर्वतन

कैकेयी के दर्प की रक्षा-हेतु ही किया है, क्रोधाग्नि में झुलसती हुई भी वह गर्वीली स्त्री राजा को उसके द्वारा दिये गये वरदानों की याद नहीं दिलाती, बल्कि राजा के याद दिलाये जाने पर ही वह इन वरदानों को माँगती है।

कैकेयी स्नेहमयी नारी है। उसमें कौशल्या और सुमित्रा से अधिक ममत्व है। वह अपने पुत्र भरत को ही नहीं, राम को भी उतना ही, बल्कि उससे ज्यादा प्यार करती है –

होने पर बहुधा अर्धरात्रि अँधेरी,
जीजी आकर करती पुकार थी मेरी।
"लो कुहुकिनि, अपना कुहक, राम यह जागा,
निज मँझली माँ का स्वप्न देख उठ भागा।"

वह निश्छल, निष्कपट है, उसमें सौतियाडाह का लेश भी नहीं है। स्वनिर्णय की क्षमता वाली उस शक्तिमान नारी में गृह-वधू की विनयशीलता का अद्भुत संयोग है। वह कौशल्या का सम्मान करती है। उनमें पारस्पारिक स्नेह और सौहार्द है। चित्रकूट प्रसंग में वह कहती है –

भ्रम हुआ भरत पर मुझे व्यर्थ संशय का,
प्रतिहिंसा ने ले लिया स्थान तब भय का।
तुम पर भी ऐसी भ्रान्ति भरत से पाती,
तो उसे मनाने भी न यहाँ मैं आती।
जीजी ही आतीं, किन्तु कौन मानेगा,
जो अन्तर्यामी, वही इसे जानेगा।

उपर्युक्त उद्धरण एवं 'जीजी आकर करती पुकार थी मेरी' आदि वाक्यों में कौशल्या के प्रति आदर, पारस्परिक स्नेह और सौहार्द का भाव निहित है। राम के राज्याभिषेक के प्रंसग के पहले तक उसका कोई भी

ऐसा कार्य नहीं है, जो उसने स्वार्थवश किया हो। वह विवेकशील है, सामाजिक ऊँच-नीच को महत्त्व देती है। कैकेयी से विवाह करते समय राजा दशरथ ने कैकेय के राजा को वचन दिया था कि मैं कैकेयी के पुत्र को उत्तराधिकारी बनाऊँगा। इस बात का रहस्योद्‌धाटन 'वाल्मीकि रामायण' के भरत-मिलाप प्रसंग में स्वयं राम ही भरत से करते हैं –

पुरा भ्रातः पिता नः स मातरं ते समुद्‌वहन।
मातामहे समाश्रौषीद राज्यशुल्कमनुत्तमम्।।

"भैया ! आज से बहुत पहले की बात है। पिताजी का जब तुम्हारी माताजी के साथ विवाह हुआ था, तभी उन्होंने तुम्हारे नाना से कैकेयी के पुत्र को राज्य देने की उत्तम शर्त कर ली थी।" परन्तु सबसे पहले कौशल्या के गर्भ से राम उत्पन्न हुए और रघुकुल-परम्परा के अनुसार ज्येष्ठ पुत्र को ही राज्य का अधिकारी होना चाहिए। अतः कैकेयी के विवेक को यह उचित प्रतीत नहीं होता कि अपने पिता की शर्त के अनुसार भरत राजपद पावें। उसके मन में –

राज्य का अधिकारी है ज्येष्ठ।
राम में गुण भी हैं सब श्रेष्ठ।।

इसलिए इस बात की चर्चा उसने कभी अपने पुत्र तक से नहीं की, परन्तु उसका ममत्व दीन-हीन अथवा निस्पृह नहीं है, उसमें अधिकार की भावना है और है स्वाभिमान का प्रचंड आवेग।

'वाल्मीकीय रामायण' में दशरथ राम से कहते हैं –

विप्रोषितश्च भरतो यावदेव पुरादितः।
तावदेवाभिषेकस्ते प्राप्तकालो मतो मम।।

"जब तक भरत इस नगर से बाहर अपने मामा के यहाँ निवास करते

हैं, तब तक ही तुम्हारा अभिषेक हो जाना मुझे उचित प्रतीत होता है।" इसलिए कूटनीतिज्ञ दशरथ पुष्य नक्षत्र के एक दिन पहले ही जन-सभा बुलाते हैं और दूसरे ही दिन शुभ मुहूर्त पुष्य होने के कारण राम के युवराज पद के लिए अभिषेक की तैयारी करवाने का आदेश दे देते हैं और इतने अल्प समय में इस आयोजन में भरत तक को न बुला पाने की असमर्थता पर प्रत्यक्ष खेद व्यक्त करते हैं। वह सरला, निष्कपट रानी राजा दशरथ के इस कपट की कल्पना भी नहीं कर सकती। इसलिए वह मंथरा की अपने और अपने पुत्र के हित में कही गई सारी उक्तियों को सगर्व निःशस्त्र कर देती है, यथा

"वचन क्यों कहती हो तुम वाम,
नहीं क्या मेरा बेटा राम।"
"और वे औरस भरत कुमार"
कुदासी बोली कर फटकार।
कहा रानी ने पाकर खेद –
"भला नो में है क्या भेद"
"भेद?" दासी ने कहा सतर्क–
सवेरे दिखला देगा अक्र।
राजमाता होगी जब एक,
दूसरी देखेगी अभिषेक !"
रोक कर कैकेयी ने रोष,
कहा – "देती है किसको दोष।
राम की माँ क्या कल या आज,
कहेगा मुझे न लोक समाज।"

परन्तु जब मन्थरा राजा दशरथ द्वारा उसके तथा उसके पुत्र के विरुद्ध रचे गए षड्यंत्र की ओर उसका ध्यान आकर्षित करती हुई कहती है –

इधर भोली हैं जैसी आप,
समझती सबको वैसी आप।
नहीं तो यह सीधा षड्यंत्र,
रचा क्यों जाता यहाँ स्वतंत्र।
"भरत को करके घर से त्याज्य,
राम को देते हैं नृप राज्य।
भरत-से सुत पर भी सन्देह,
बुलाया तक न उन्हें जो गेह!"

तब कैकेयी का माथा ठनकता है, लेकिन फिर भी वह अपना विवेक नहीं खोती और दासी को फटकारती हुई निकल जाने को कहती है –

"दूर हो दूर अभी निर्बोध !
सामने से हट, अधिक न बोल,
द्विजिहवे रस में मत घोल।
उड़ाती है तू घर में कीच ,
नीच ही होते हैं बस नीच।"

किन्तु कैकेयी के मस्तिष्क में यह कटु सत्य जम जाता है। वह विह्वल हो जाती है, उसका हृदय व्यथा से भर जाता है, मन अशान्त हो जाता है। 'भरत से सुत पर भी संदेह, बुलाया तक न उन्हें जो गेह" की पंक्तियों की पुनरावृत्ति करके गुप्त जी ने उनके मन की अशान्ति का बड़ा ही प्रभावशाली मनोवैज्ञानिक चित्रण प्रस्तुत किया है।

पर इन अशान्ति के क्षणों में भी वह अपनी सहिष्णुता और धैर्य नहीं खोती, अतः उसके मनो-मस्तिष्क में पति, पुत्र राम या कौशल्या के प्रति किसी भी प्रकार का विकार नहीं आता। उसकी व्यथा आर्तनाद करती है –

"नाथ कैकेयी के वर-वित्त,
चीर कर देखे उसका चित्त।
स्वार्थ का वहाँ नहीं है लेश,
बसे हो एक तुम्हीं प्राणेश !

वह पति और परिवार के सुख में किसी भी प्रकार आड़े नहीं आना चाहती –

"न थी हम माँ-बेटे की चाह,
आह! तो खुली न थी क्या राह!
मुझे भी भाई के घर नाथ,
भेज क्यों न दिया सुत के साथ।।"

उसे तो केवल इस बात का दुःख है –

"भरत रे भरत, शील-समुदाय,
गर्भ से आकर मेरे हाय!
हुआ यदि तू भी संशय पात्र,
दग्ध हो तो मेरा यह गात्र!"

पर तुरन्त ही अपने तथा अपने भरत जैसे निस्पृह पुत्र पर सन्देह होने के अनुमान से ही उसका सारा शरीर अपमान से दग्ध हो उठता है। उसमें अधिकार, स्वाभिमान, दाम्पत्य की भावना जाग्रत हो जाती है। वह वीर क्षत्राणी नारी है, भाग्य के अधीन सब छोड़कर संतुष्ट नहीं रहती। उसके अनुसार –

"भाग्यवश रहते हैं दीन,
वीर रखते हैं उसे अधीन।"

और वह पुत्र का प्रतिशोध लेने के लिए कटिबद्ध हो जाती है –

"सहूँगी कभी न यह अन्याय।
करूँगी मैं इसका प्रतिकार,
पलट जावे चाहे संसार।"

इस अन्याय के प्रतिकार में राज-परिवार की सुख-शान्ति में भूचाल आ जाता है। यद्यपि इसका बीज पुरुष दशरथ के द्वारा बोया जाता है, जिसने उसे पत्नी के उच्च धरातल से पटककर उसकी स्थिति उपपत्नी जैसी बना दी है, पर लांछित होती है नारी ही। बस साकेतकार के पहले के राम-काव्य यहाँ कैकेयी को मँझली माँ से 'विमाता' बनाकर छोड़ देते हैं। पर कैकेयी राग-द्वेष से युक्त असद् वृत्तियों वाली कोई साधारण स्त्री तो थी नहीं, वह बुद्धिजीवी और तीव्र संवेदनशील असाधारण राज-महिषी थी। फिर यह कैसे संभव था कि बाद के घटनाक्रम का उसकी मनःस्थिति पर कोई प्रभाव न पड़ता।

गुप्त जी की दृष्टि उसकी इसी मनःस्थिति पर पड़ती है और युग-युग से कलंकित रानी की वेदना उनके सामने मुखरित हो उठती है। उसे सभी कुछ झेलना पड़ता है, अपमान, अपशब्द, अवहेलना और वितृष्णा। अपने अन्तर्मन मे निहित पश्चात्ताप-मिश्रित अपराध की भावना से भयभीत तो वह राजा दशरथ की मृत्यु से ही हो गई थी, जिसके फलस्वरूप –

पाषाण शरीर हिला न डुला,
बस फट सी गई बड़ी आँखें,
रोना उसको उपहास हुआ,
निज कृत वैधव्य-विकास हुआ।
तब वह अपने से आप डरी,
किस कुसमय में मन्थरा मरी।

पर जिस पुत्र प्रेम के कारण वह सारे परिवार से टक्कर लेती है, वही

पुत्र जब उसकी भर्त्सना करता है, तो भग्न-हदया कैकेयी की वेदना और भी घनीभूत हो उसे सालने लगती है। उसका मोहान्धकार छूटने लगता है। जिस पुत्र-वात्सल्य के प्रचण्ड आवेग में उसका विवेक तहस-नहस हो गया था, उस पर उसे ग्लानि हो आती है। उसका हृदय पश्चात्ताप से भर उठता है। राम के प्रति किया गया अनचीना अन्याय उसे अब शूल-सा गहरा गड़ जाता है और वह अपना अपराध स्वीकार करती हुई बिफरकर क्रन्द्रित स्वरों में राम से अनुरोध करती हुई कहती है –

"हाँ, जनकर भी मैंने न भरत को जाना,
सब सुन लें तुमने स्वयं अभी यह माना।
यह सच है तो फिर लौट चलो घर भैया,
अपराधिन मैं हूँ, तात तुम्हारी मैया।"

कैकेयी के उपर्युक्त अनुरोध में घोर व्यथा है। अपने मातृ पद की रक्षा के लिए आकुल होकर वह मातृत्व की दुहाई देती हुई राम से पूछती हैं –

'कुछ मूल्य नहीं, वात्सल्य-मातृ क्या तेरा'

अपने प्रति सारे जगत की लांछनापूर्ण भावना से वह परिचित हैं –

"थूके मुझ पर त्रैलोक्य भले ही थूके,
जो कोई जो कह सके, कहे क्यों चूके"

वह जगत से कोई और अपेक्षा नहीं रखती, केवल एकमात्र यह भीख माँगती है –

"छीने न मातृपद किन्तु भरत का मुझसे।"

कहना न होगा कि नारी की सम्पूर्णता उसके मातृत्व में ही निहित

है। वह सब-कुछ सहन कर सकती है, खो सकती है, पर मातृपद नहीं। यहाँ आकर सृष्टि की सारी नारियाँ कैकेयी के साथ एक ही धरातल पर खड़ी हो जाती हैं।

कैकेयी का चरित्र-चित्रण मैथिलीशरण जी ने यथार्थ के इसी धरातल पर किया है और इस धरातल पर निर्मल, धवल, गौरवमयी माँ का वात्सल्य वंदनीय हो जाता है।

श्री मैथिलीशरण गुप्त 'भारत-भारती' में राष्ट्रीयता के उद्घोष एवं अपने महाकाव्य साकेत में 'उर्मिला' के चरित्र को नए आयाम में प्रस्तुत करने के लिए अजर-अमर हैं। वस्तुतः गुप्त जी संयुक्त परिवार को जीवित रखने के पक्षधर थे। इसलिए उन्होंने यशोधरा के माध्यम से कहा –

"भले ही लोक दिखाओ लोक को, गृह मार्ग न भूलो हाय

गुप्त जी को यह बड़ा खराब लगा कि लक्ष्मण भाई के प्रेम में इतना खो गए कि अपनी पत्नी उर्मिला को बिना बताए ही चौदह वर्ष के लिए वन चले गए। जहाँ लक्ष्मण की उर्मिला के प्रति यहाँ निश्चित रूप से उपेक्षा थी, पर वही एक दूसरी नारी लक्ष्मण की माँ सुमित्रा का त्याग अद्वितीय है, जब वह लक्ष्मण से कहती हैं कि उसका जन्म ही राम की सेवा के लिए हुआ है। गुप्त जी ने उर्मिला की सुन्दरता का वर्णन करते हुए लिखा है –

किस कृति के अर्थ है उसकी कला?
स्वर्ग का यह सुमन धरती पर खिला,
नाम है इसका उचित ही 'उर्मिला'।

देखिए लक्ष्मण और उर्मिला कितने खुश थे जब राम का राज्यभिषेक होने जा रहा था।

आखिर उर्मिला के लिए सीता उसकी बड़ी बहन थी, पर कैकेयी के

माध्यम से विधाता ने कहर ढा दिया और सभी के सपने चकनाचूर हो गए।

कल प्रिये निज आर्य का अभिषेक है,
सब कहीं आनन्द का अतिरेक है।

एक बार चित्रकूट में यह निश्चय हो गया था कि राम अयोध्या वापिस नहीं आयेंगे, तब गुप्त जी ने उर्मिला के त्याग और विरह में अपने काव्य को पराकाष्ठा पर पहुँचा दिया। उर्मिला की लक्ष्मण से वार्ता न करने की पीड़ा अद्वितीय है –

न कुछ कह सकी अपनी, न उन्हीं की पूछ सकी भय से
अपने को भूले वे, मेरी ही कह उठे संवेद हृदय से।

वह पति के वियोग में सब छोड़कर जैसे त्यागिनी पतिव्रता हो गई हो तथा उसने अपने लावण्य को पति की स्मृति में सुखा दिया–

मेरी दुर्बलता क्या दिखा रही तू अरी, मुझे दर्पण में?
देख निरख मुख मेरा वह तो धुंधला हुआ स्वयं ही क्षण में

पर वियोग में शोक के साथ उर्मिला की सुन्दरता तथा लक्ष्मण के साथ बिताए कुछ क्षणों का अपूर्व वर्णन किया है गुप्त जी ने। पूर्ववर्ती रामकथा साहित्य में यह वर्णन है कि सुमित्रानन्दन के वियोग में उर्मिला इतनी क्षीण हो गई कि वह स्त्री ही नहीं रही। यह एक अतिशयोक्तिपूर्ण वर्णन है, जिसे गुप्त जी ने अत्यंत मर्यादित रूप में लिखा है।

उर्मिला अपने पति-परमेश्वर का 'साकेत' लौटने पर उसी उत्साह, उमंग एवं उद्दीपन से ख्याल करती है (पर छिपे-छिपे), जैसे वो रीतियुग की कोई नायिका हो –

तुम मिलो मुझे धर्म छोड़ के, फिर मरूँ न क्यों मुँह फेर के?

ऐसी स्त्रियों के त्याग एवं कर्तव्यपरायणता के कारण वीरजन युद्ध में प्राण देते हैं एवं देश, समाज और संस्कृति की रक्षा करते हैं, जो अपने प्रियतम के प्रति प्रेम को केवल इसलिए छिपाये रहती हैं ताकि वे कर्तव्यपालन से तनिक भी विचलित न हों। उर्मिला तो पति के दो शब्दों के लिए अपना जीवन न्योछावर कर देती है –

"वह रूप-पयोधि पी सकी, तब तो मैं यह आज जी सकी।
मुझ को प्रिय स्वप्न में मिले, वह बोले– 'हाय ऊर्मिले'।
वर हूँ, पर वीर हूँ, वरो, धरलो धीरज तो मुझे धरो।

इसी आदर्श की स्थापना में गुप्त जी पूर्ण समर्पित थे – **"आदर्श ही ईश्वर है हमारा"** और वे भारतीय समाज के आदर्शों के स्तम्भों की स्थ।पना में सफल हुए। उनकी स्पष्ट मान्यता थी कि नारियों को साथ लेकर ही समाज एवं देश में सफलता, समृद्धि एवं समग्र कल्याण की स्थापना हो सकती है।

वे इस पथ में बाधा नहीं, अपितु समर्थ सहायिकाएँ हैं तथा तन से सुदूर रहकर भी मन से सहभागिनी हैं।

मैथिलीशरण गुप्त के नाटक

मैथिलीशरण गुप्त जी ने 5 मौलिक 'अनघ', 'चन्द्रहास', 'तिलोत्तमा', 'निष्क्रिय प्रतिरोध' और 'विसर्जन' नाटक लिखे हैं और भास के चार नाटकों – 'स्वप्नवासवदत्ता', 'प्रतिमा', 'अभिषेक', 'अविमारक' का अनुवाद किया है।

इन नाटकों में 'अनघ' जातक कथा से सम्बद्ध बोधिसत्व की कथा पर आधारित पद्य में लिखा गया नाटक है। तकनीकी दृष्टि से इसे 'काव्य नाटक' नहीं कहा जा सकता। 'चन्द्रहास' इतिहास का आभास उत्पन्न करने वाला नाटक है, जिसमें नियति और सत्कर्म का महत्त्व संप्रेषित है।

'तिलोत्तमा' पौराणिक नाटक है। ये नाटक पहले प्रकाशित हो चुके थे, परन्तु 'निष्क्रिय प्रतिरोध' और 'विसर्जन' पहली बार प्रकाशित हुए, इस अर्थ में नए हैं। भास के अनूदित नाटकों के चयन में भी गुप्त जी ने वैविध्य का ध्यान रखा है। इन नाटकों का मुख्य उद्देश्य अपने समय के यक्ष प्रश्नों का उत्तर देना और उन प्रश्नों को मानस, प्रकृति और समाज के प्रतिबिंब मानकर प्रस्तुत करना भी रहा है। नाटक गुलामी और दासता से मुक्ति तथा मानवीय मूल्यों की प्रतिष्ठा को ध्यान में रखकर लिखे गए लगते हैं। जैसे अनघ अहिंसा, करुणा, लोक-सेवा, लोक-कल्याण आदि मूल्यों की प्रतिष्ठा पर केन्द्रित है।

इसमें ऊँच-नीच, छूत-अछूत आदि के भेदों को उखाड़कर समता, सेवा और मनुष्यता के मूल्यों की प्रतिष्ठा की गई है। अनघ के नायक 'मघ' अपने ऊपर आक्रमण करने वाले चार चोर, सुरा सेवक सुर, गाय चुराने वाले और फूँकने वाले 'ग्राम भाजक' और 'मुखिया' आदि को गौतम बुद्ध

की तरह क्षमा कर देता है। गाँव-सुधार के लिए कुओं, घाटों की मरम्मत करता है। जन-सेवा के लिए सुरभि से विवाह नहीं करना चाहता। निर्बलों और असहायों को भक्ष्य मानने वालों को दया और सदाचार का मार्ग बताता है।

राजकीय सम्मान

आजादी के पूर्व 1952 में गुप्त जी राज्यसभा के सदस्य मनोनीत हुए। महात्मा गांधी ने उन्हें राष्ट्रकवि कहकर सम्मानित किया था। इसके अतिरिक्त उन्हें हिन्दुस्तानी अकादमी पुरस्कार, साकेत पर इन्हें मंगला प्रसाद पारितोषिक तथा साहित्य वाचस्पति की उपाधि से भी अलंकृत किया गया। काशी विश्वविद्यालय ने उन्हें महान साहित्य-निर्माता माना। हिन्दी-कविता के इतिहास में गुप्त जी का यह सबसे बड़ा योगदान है। 'साकेत' उनकी रचना का सर्वोच्च शिखर है।

तत्कालीन राष्ट्रपति डॉ. राजेन्द्र प्रसाद ने उन्हें सन् 1962 ई. में 'अभिनन्दन ग्रन्थ' भेंट किया तथा हिन्दू विश्वविद्यालय के द्वारा वे डी. लिट. से सम्मानित किए गए। मैथिलीशरण गुप्त को साहित्य एवं शिक्षा क्षेत्र में पद्म भूषण से 1954 में सम्मानित किया गया।

इसी वर्ष प्रयाग में 'सरस्वती' की स्वर्ण जयन्ती समारोह का आयोजन हुआ, जिसकी अध्यक्षता श्री गुप्त जी ने की। 78 वर्ष की आयु में उन्होंने दो महाकाव्य, 19 खण्डकाव्य, काव्यगीत, नाटिकायें आदि लिखी। उनके काव्य में राष्ट्रीय चेतना, धार्मिक भावना और मानवीय उत्थान प्रतिबिम्बित हैं। वे मानववादी, नैतिक और सांस्कृतिक काव्यधारा के विशिष्ट कवि थे। डॉ. नगेन्द्र के अनुसार वे राष्ट्रकवि थे, सच्चे राष्ट्रकवि। दिनकर जी के अनुसार उनके काव्य के भीतर भारत की प्राचीन संस्कृति एक बार फिर तरुणावस्था को प्राप्त हुई थी। गुप्तजी तुलसी, वाल्मीकि, कालिदास और भवभूति की

परंपरा के कवि हैं, जो झूठी नैतिकता के कायल न थे और उनमें जीवन के प्रति पूर्ण स्वीकार का भाव था। अपनी कल्पना से ही गुप्तजी ने अपने पौराणिक, ऐतिहासिक काव्यों को नया आयाम प्रदान किया और जन जन के मन में बस गए। गुप्तजी के काव्य में हमें उनकी विराट कल्पनाशीलता सर्वाधिक प्रभावित करती है, जो पौराणिक भी है और ऐतिहासिक भी। उसका अतीत से भी संबंध है, वर्तमान से भी और भविष्य से भी। यह धार्मिक भी है और धर्म का अतिक्रमण कर मनुष्य को सर्वोपरि प्रतिष्ठित करने वाली सामाजिक भी है। वह सांस्कृतिक के साथ राष्ट्रीय और वैश्विक भी है। वह प्रबंधात्मक के साथ प्रगीतात्मक है, इसीलिए उनके काव्य में इतनी विविधता है और इसीलिए भारत-भारती राष्ट्रीय महाकाव्य है और गुप्तजी राष्ट्रकवि हैं और हमेशा स्मरणीय हैं। राष्ट्रकवि गुप्त जी को कुछ अन्य सम्मान भी प्रदान किए गए जो इस प्रकार हैं –

वर्ष 1935 में साकेत को हिंदुस्तानी अकादमी का पुरस्कार

वर्ष 1936 में गांधीजी द्वारा काशी में राष्ट्रकवि घोषित

वर्ष 1937 में हिंदी साहित्य सम्मेलन प्रयाग द्वारा साकेत को मंगला प्रसाद पुरस्कार

वर्ष 1946 में हिंदी साहित्य सम्मेलन के कराची अधिवेशन में साहित्य वाचस्पति पुरस्कार

वर्ष 1948 में आगरा विश्वविद्यालय द्वारा डी. लिट.

वर्ष 1951 में राष्ट्र भाषा परिषद काशी द्वारा मान पत्र भेंट

वर्ष 1952 और 1958 में दो बार राज्यसभा सदस्य मनोनीत

वर्ष 1960 में काशी विश्वविद्यालय द्वारा डी. लिट.

वर्ष 1960 में भारत सरकार द्वारा पद्मभूषण सम्मान

वर्ष 1960 में हीरक जयंती समारोह की अध्यक्षता और आचार्य महावीर प्रशाद द्विवेदी की प्रतिमा का अनावरण

वर्ष 1960 में राष्ट्रपति भवन में अभिनन्दन ग्रंथ का समर्पण

अंतिम विदाई

डॉ. सावित्री सिन्हा ने दद्दा के देहांत का आँखों-देखा विवरण लिखा है। उन्होंने लिखा है कि "उस दिन दद्दा की विदा के बाद हम सबका मन भारी हो रहा था। स्टेशन के वेटिंग रूम में थोड़ी देर के लिए उनके गले में जलन-सी होने लगी थी, इसलिए हमारी चिन्ता और भी बढ़ गई थी।

रात में दो-तीन बार आँखें खुल गयीं। सुबह तड़के ही मुझसे रहा न गया और झाँसी के लिए ट्रंककाल बुक करवाई, न जाने मन में कैसी कैसी दुश्चिंताएँ उठती रहीं, परन्तु टेलीफोन एक्सचेंज की कृपा से काल झाँसी नहीं, राँची की मिली, वह भी ग्यारह बजे दिन को।

मेरी क्लास का समय हो रहा था, इसलिए विवश होकर उसे रद्द करवाना पड़ा। पत्र लिखने की सोच रही थी कि ज्वरग्रस्त हो गई और फिर उसी रूग्णावस्था में खबर मिली कि दद्दा नहीं रहे। जीवन की कुछ अमूल्य निधियों में मेरे लिए सबसे गौरवपूर्ण निधि दद्दा का अकारण स्नेह था। कहाँ मैं, एक अकिंचन, महत्वहीन तुच्छ व्यक्ति और कहाँ भारत के महान राष्ट्रकवि के वात्सल्य का अगाध समुद्र। आज लग रहा है, जैसे मेरी अपात्रता और अकिंचता ने ही मुझे उस अपार वैभव से वंचित कर दिया है। न जाने कौन-सा सूत्र पिछले तीन दिनों से दद्दा के लिए बेचैन कर रहा था। निधन का समाचार कान में पड़ते ही मैं भरे बुखार में रजाई छोड़ कर उठ खड़ी हुई, डॉ. नगेन्द्र के घर फोन किया, मालूम पड़ा कि जब से चिरगाँव से ट्रंककाल आया है, डॉ. साहब कमरा बन्द किए बैठे हैं।

डॉ. विजयेन्द्र स्नातक जी के यहाँ फोन किया तो मालूम हुआ, उन्हें यह सन्देश डॉ. साहब के यहाँ से ही मिला था। मेरी अस्वस्थता और रुग्णता के कारण मुझे खबर नहीं दी गई। मन किया किसी तरह चिरगाँव उड़ जाऊँ। दद्दा के अन्तिम दर्शन तो मिल जायेंगे, परन्तु फोन से पता चला कि उनकी अन्त्येष्टि-क्रिया के लिए निर्धारित समय तक पहुँचना सम्भव नहीं है और फिर दद्दा की बातें, उनकी हँसी, उनके लाड़-दुलार कानों में गूँजते रहे, उनकी तसवीर आँखों के आँसुओं के साथ उभरती रही।

"दद्दा की त्रयोदशी में सम्मिलित होने के लिए दिल्ली से एक स्पेशल बोगी का प्रबन्ध हो गया था। यात्रियों में से अधिक ऐसे थे जिन्हें दद्दा चिरगाँव आने का निमन्त्रण दे गए थे, पर अपने अतिथियों को हाथों-हाथ

लेने वाला आतिथेय, अपने स्वभाव और संस्कार के विरुद्ध सबको अपने घर बुलाकर स्वयं अदृश्य हो गया था। रात को लगभग डेढ़ बजे गाड़ी झाँसी पहुँच गई और वहीं हमारा डिब्बा गाड़ी से अलग हो गया। झाँसी का स्टेशन फिर अपने साथ अनेक स्मृतियाँ लेकर सामने खड़ा हो गया। पिछली दो बार जब हम आए थे, दद्दा स्टेशन पर आतुरता से हमारा इन्तजार करते हुए मिले थे, उनके चेहरे पर उमड़ता हुआ वह आह्लाद, वह स्फटिक-सा व्यवहार आज इस लेखनी में कैसे बाँधूँ—छिन्न भी है, भिन्न भी है हाय, क्यों न रोवे लेखनी निरुपाय?

“जितनी देर हमारे सामान इत्यादि की व्यवस्था होती रही, दद्दा वहीं प्लेटफार्म पर पड़ी हुई लकड़ी की बैंच पर बैठे रहे और आते-जाते लोग उनके सामने सिर झुका-झुकाकर जाते रहे। जनता का यह नमन किसी खद्दरधारी राजनीतिज्ञ के प्रति नहीं था, उनकी श्रद्धामयी आँखों में और मुग्ध भावाभिव्यक्ति में भक्ति का आह्लाद ही था, आतंकजन्य विनय नहीं।

“एक जीर्ण-शीर्ण वस्त्रधारी भिखारी दद्दा के चरणों के पास आकर साष्टांग प्रणाम करके लेट गया, उनकी दयार्द्र आँखों ने उसे कुछ दिलवाकर विदा किया, एक अर्धविक्षिप्त-सा व्यक्ति बाल बिखराए उनके निकट आकर प्रलाप करता रहा और दद्दा बड़ी सहिष्णुता और सहानुभूति के साथ उसे देखते और उसकी बात सुनते रहे। मैंने कई बार बड़े-बड़े मठाधिकारियों और धर्म के संरक्षकों का व्यवहार इस वर्ग के प्रति देख रखा था।

“पीड़ित दुःखी जनता के प्रति उनकी दुरदुराहट की तीव्र प्रतिक्रिया के फलस्वरूप ही मेरा मन मिशनों, धर्म-संस्थाओं और आध्यात्मिक व्यक्तित्वों से विमुख हो गया। पर उस दिन स्वच्छता और छूत वैष्णव विधान पर पूर्ण विश्वास करने वाले दद्दा का, केवल मानव रूप देखा। आज चिरगाँव के उसी महामानव और हिन्दी संसार के दद्दा के स्नेहपूर्ण स्वागत के बिना स्टेशन भाँय-भाँय कर रहा था। हिन्दी के प्रसिद्ध उपन्यासकार

श्रद्धेय वृन्दावनलाल वर्मा के प्रेस में हमारे भोजन की व्यवस्था थी। निःशब्द भोजन चल रहा था, जैसे यह कोई यांत्रिक काम था जिसे किसी तरह पूरा करना था।

ग्रास थाली से हाथ में आकर मुँह में जा रहे थे और पिछली बार झाँसी की हवेली में भोजन करते हुए दद्दा के स्नेहपूर्ण आग्रह कान में गूँज रहे थे। श्रुतिपट से आई दद्दा की स्मृतियाँ पलकों में न समा सकने के कारण आँसू बनकर बिखर रही थीं।

"भोजनोपरान्त, हम बस में बैठकर चिरगाँव चले। उदास और क्लांत हृदय यात्री बस से उतर पैदल मौन गुप्त बंधुओं की प्रसिद्ध बखरी की ओर चले, चिरगाँव की शोभा को झुक-झुक प्रणाम करने वाली, हाट की जनता हमारी ओर उदास नेत्रों और म्लान मुख से देख रही थी, जैसे उन्हें यह पूछने की आवश्यकता ही नहीं थी कि हम वहाँ किस उद्देश्य से आए हैं। बखरी के फाटक पर गम्भीर विषाद से युक्त गिरधारी ने मौन विनयाचार में हाथ जोड़े, उसके होंठ सिहरे और आँखें आँसुओं से भर आयीं।

"गुप्त बंधुओं की पुश्तैनी बखरी मौन साधे सविषाद पाषाण बनी खड़ी थी, हमारे पहुँचते ही प्रस्तर मूर्तियों की तरह निश्चल खड़े दद्दा के स्वजन यन्त्रवत चलकर निकट आए और फिर बखरी में कुहराम मच गया, दद्दा के पुत्र उर्मिल जी, डॉ. नगेन्द्र के अंक में मुँह छिपाकर क्रन्दन कर उठे और फिर सारी बखरी में रुदन और विलाप का स्वर छा गया। श्राद्ध पूरा हुआ। होम का धुआँ सारी बखरी पर छा गया, जिया ने लाल जोड़ा उतारकर श्वेत वस्त्र धारण किया और गुप्त कुल की बखरी की दीवारें जैसे सिर धुन-धुनकर रोने लगीं। उसके इतिहास का उज्ज्वलतम अध्याय अब नए चरण में प्रवेश कर रहा था।"

•••

प्रश्नोत्तरी

1. मैथिलीशरण गुप्त का जन्म कब हुआ था?
   - (अ) 3 अगस्त 1886
   - (ब) 15 अगस्त 1947
   - (स) 2 मार्च 1962
   - (द) 3 मार्च 1962

2. गुप्त जी के पिता का क्या नाम था ?
   - (अ) रामलाल
   - (ब) सेठ रामचरण कनकने
   - (स) सियाराम
   - (द) कुशिक

3. गुप्त जी की माता का क्या नाम था?
   - (अ) सीता कौर
   - (ब) सत्यवती
   - (स) कुन्ती
   - (द) कौशिल्या बाई

4. गुप्त जी का जन्म-स्थान कौन-सा है?
   - (अ) चिरगाँव
   - (ब) कटरा
   - (स) आगरा
   - (द) दिल्ली

5. गुप्त जी के माता-पिता की आस्था किस धर्म में थी?
   - (अ) इस्लाम
   - (ब) वैष्णव
   - (स) बौद्ध
   - (द) जैन

6. महाकाव्य 'साकेत' के लेखक कौन है?

(अ) पंत (ब) जैनेन्द्र

(स) प्रेमचंद (द) मैथिलीशरण गुप्त

7. मैथिलीशरण गुप्त जी को राष्ट्रकवि की उपाधि किसने दी?

(अ) महात्मा गांधी ने (ब) नेहरु जी ने

(स) संसद ने (द) विवेकानंद जी ने

8. गुप्त जी ने कितने मौलिक नाटक लिखे?

(अ) 5 (ब) 3

(स) 2 (द) 1

9. गुप्त जी के अनुज का क्या नाम था?

(अ) माता प्रसाद (ब) सीताराम

(स) कन्हैयालाल (द) सियाराम शरण गुप्त

10. गुप्त जी का निधन कब हुआ?

(अ) 12 दिसंबर 1964 (ब) 2 मार्च 1967

(स) 3 मार्च 1964 (द) 2 दिसंबर 1964

उत्तर

1. अ 2. ब 3. द 4. अ 5. ब 6. द 7. अ 8. अ 9. द 10. अ